Le Sixième Rêve
AVANTI !

COLOMBE
Le Sixième Rêve
AVANTI !

© 2022 Colombe Barré

Édition : BoD – Books on Demand, info@bod.fr
Impression : BoD – Books on Demand, In de Tarpen 42, Norderstedt (Allemagne)

Impression à la demande

ISBN : 978-2-3224-6093-9

Dépôt légal : novembre 2022

Colombe, toujours vagabonde malgré son grand âge, écrit comme elle chante, toujours en transe !

Inspirée par la Lumière, elle vit dans la nature sacrée du Périgord, tout en restant fidèle à son âme de Parisienne émancipée et à son Pays Basque natal, berceau de rêve pour démarrer sa vie sur la mère Terre…

Gracias a la Vida !!!

REMERCIEMENTS

MERCI à la Terre, notre mère à TOUS , qui nous porte et nous trimbale dans l' espace.

MERCI à Anne-Isabelle, Evelyne, Jean-Jacques, Olivier sans qui ce petit livre n'aurait pu exister.

MERCI à mes Frères de l'Espace qui m'ont inspirée.

MERCI à tous pour votre aide précieuse !

OFFRANDE

A mes 2 filles, l'une ici, Alice, l'autre partie, Laetitia

A mes 2 gendres, François et Luca

A mes 8 petits enfants, fruits de l' Amour et de l'Aventure, Adriano, Elea, Gaël, Gaya, Kashi, Leonardo, Maïa, Manou

A mes 2 fils adoptifs, Fabrice et Serge

A mes petites filles adoptives qui m'ont choisie comme grand-mère, Lola, Noémie, Raphaëlle, Rosey, et tant d'autres ...

A tous et à toutes sur la Terre et dans l'Espace infini…
Nous sommes ceux que nous attendons.

PREAMBULE

Le Cinquième Rêve

" Au début, le Grand Esprit dormait dans le rien.

Son sommeil durait depuis l'éternité.

Et puis, soudain, nul ne sait pourquoi, dans la nuit, il fit un rêve.

En lui gonfla un immense désir…

Et il rêva la lumière.

Ce fut le premier rêve, la toute première route.

Loooongtemps… la lumière chercha son accomplissement, son extase.

Quand finalement, elle trouva, elle vit que c'était la transparence.

Et la transparence régna.

Mais voilà qu'à son tour, ayant exploré tous les jeux de couleur qu'elle pouvait imaginer, la transparence s'emplit du désir d'autre chose.

À son tour, elle fit un rêve. Elle qui était si légère, elle rêva d'être lourde.

Alors, apparut le caillou. Et ce fut le deuxième rêve, la deuxième route.

Loooongtemps, le caillou chercha son extase, son accomplissement.

Quand finalement, Il trouva, il vit que c'était le cristal. Et le cristal régna.

Mais à son tour, ayant exploré tous les jeux lumineux de ses aiguilles de verre, le cristal s'emplit du désir d'autre chose qui le dépasserait.

À son tour, il se mit à rêver.

Lui qui était si solennel, si droit, si dur, il rêva de tendresse, de souplesse et de fragilité.

Alors, apparut la fleur. Et ce fut le troisième rêve, la troisième route.

Loooongtemps, [...] la fleur, ce sexe de parfum chercha son accomplissement, son extase,

Quand enfin, elle trouva, elle vit que c'était l'arbre.

Et l'arbre régna sur le monde.

Mais, vous connaissez les arbres. On ne trouve pas plus rêveurs qu'eux (ne vous amusez pas à pénétrer dans une forêt qui fait un cauchemar). L'arbre à son tour fit un rêve. Lui qui était si ancré à la terre, il rêva de la parcourir librement, follement, de vagabonder au travers d'elle.

Alors, apparut le ver de terre. Et ce fut le quatrième rêve. La quatrième route.

Loooongtemps, le ver de terre chercha son accomplissement, son extase. Dans sa quête, il prit tour à tour la forme du porc-épic, de l'aigle, du puma, du serpent à sonnettes. Longtemps, il tâtonna.

Et puis, un beau jour, dans une immense éclaboussure... [...]

Au beau milieu de l'océan... un être très étrange surgit, en qui toutes les bêtes de la terre trouvèrent leur accomplissement, et elles virent que c'était la baleine !

Longtemps, cette montagne de musique régna sur le monde. Et tout aurait peut-être dû en rester là, car c'était très beau. Seulement voilà...

Après avoir chanté pendant des lunes et des lunes, la baleine à son tour, ne put s'empêcher de s'emplir d'un désir fou.

Elle qui vivait fondue dans le monde, elle rêva de s'en détacher.

Alors, brusquement, nous sommes apparus, nous les hommes.

Car nous sommes le cinquième rêve, la cinquième route en marche vers le cinquième accomplissement, la cinquième extase."

" Le Cinquième Rêve "

Patrice VAN EERSEL

Éd. Grasset

Le Sixième Rêve

Le cinquième Rêve en arrivait à sa fin…

Sans s'en apercevoir, petit à petit, il s'était embourbé dans les marais et avait fini par s'enliser…

Personne n'y croyait plus…

D'innombrables parasites assaillaient les survivants de cette glorieuse Épopée en décrépitude…

Quelques courageux tressèrent des cerfs-volants avec du roseau, des papyrus, de la prêle, de l'asphodèle et quelques fleurs par-ci, par-là…

Ils s'installaient dessus et les lâchaient dans le vent…

Ils s'accroupissaient sur l'endroit un peu bombé et lançaient des SOS en zigzaguant dans le ciel, au gré du vent, autour de la planète Terre !

" Réveillons-nous ! Réveillons-nous ! C'est le moment ! Wake up ! "

Bien-sûr, les vaisseaux des Frères de l'Espace, qui surveillaient assidûment l'évolution des ravages sur la terre, les avaient repérés depuis longtemps… Ils leur envoyaient régulièrement des cerfs-volants de lumière remplis de messages codés qu'eux seuls pouvaient comprendre…

Une grande partie des habitants de la Terre, eux, ne levaient plus leur regard vers le ciel et ne rêvaient plus depuis belle lurette !

Piégés par la boue quotidienne, assaillis par les milliers de parasites qui suçaient leur sang et leur vie, ils somnolaient en suivant à la lettre les informations et les directives diffusées par une télévision géante, omniprésente, qui leur dictait tout.

Comment fermer les yeux et ne rien voir de ce qui se passe, comment se boucher les oreilles et faire le mort, et surtout, surtout, comment ne plus penser, ne plus réfléchir et ne plus se poser la moindre question…

Bref ! Obéir, point final ! Tout va très bien ! Tout est normal !

De temps en temps, malgré tout, ils apercevaient les cabrioles de leurs frères humains sur les cerfs-volants dans le ciel et les plus jeunes s'enhardissaient, jusqu'à attraper la longue ficelle qui pendait sous le ventre dodu des cerfs-volants. Ils parvenaient à se hisser en riant, fiers de leur exploit !

Quelques instants plus tard, ils se retrouvaient sur leur propre cerf-volant en train, eux aussi, de zigzaguer dans l'espace, émerveillés, célébrant à plein poumon la joie de se sentir libres et vivants pour de bon !

Dans la morosité ambiante qui régnait alors sur la Terre, le jeu des cerfs-volants, émancipé, vertigineux, au nez et à la barbe du grand écran omniprésent, ce jeu était devenu la coqueluche de tous ! Un peu comme un signal qui réveille !

La nature entière était en émoi. Les escargots, les limaces du marais laissaient de longues traînées de bave sur les caméras de

l'écran-flic, si bien que leur vision toute barbouillée de bave n'était plus trop claire !

Les grenouilles et les crapauds, à leur tour, aidés des salamandres et de tout ce qui rampe, se mirent à baver sur la grosse télé, qui finit par devenir, sourde et muette ! Et personne pour la réparer ! Personne !

Les Terriens, enfin, retrouvaient un petit peu de liberté, jour après jour…

Le jeu des cerfs-volants se répandait à grande vitesse… Chacun, à qui mieux mieux, s'agrippait à une corde, et grimpait jusqu'au cerf-volant qui l'accueillait… Alors, un nouveau petit cerf-volant apparaissait avec son nouveau capitaine…

Bientôt le ciel entier devint le terrain des jeux les plus divers… Les ballons volaient d'un cerf-volant à l'autre, des grandes manifestations avec des étendards, des banderoles multicolores couvertes de slogans fantaisistes défilaient dans le ciel… Évidemment, des nuées d'oiseaux les accompagnaient. Chants et musiques de partout fusaient, joie, lumière, bonheur !

Enfin, l'humanité se réveillait d'un long cauchemar !

La grande télé, en bas, avait fini par chavirer dans une flaque opaque. Désormais, les crocodiles s'en servaient pour faire leurs besoins au gré des remous de leurs longues queues vibrantes !

L'ancien monde s'effritait de jour en jour… Les fourmis s'en donnaient à cœur joie et grignotaient les monceaux de papier, les listes noires, blanches ou rouges. Les rats se régalaient de listes électorales, livres de lois ainsi que des divers programmes élaborés par la politique… et la science infuse.

Les souris, elles, se contentaient des masques et des seringues tandis que des montagnes de vaccins étaient englouties dans les volcans qui s'en repaissaient.

Les vastes entrailles de la grande mère Gaïa dévoraient ces détritus en son feu central sacré. Ici et là, de belles vestales en robe d'étincelles, œuvraient à tisser de leurs doigts de fée le grand Arc-En-Ciel annonciateur de l'ère nouvelle, tant attendue dans presque tous les cœurs.

Enfin !!!

Bien sûr, il y avait encore des récalcitrants... quelques retardataires, trop absorbés à leur tâche minutieuse de ne rien voir, ni entendre au risque de modifier la paisible routine de leur train-train quotidien. Mais comme la grosse télé omniprésente avait soudain disparu du bout de leur nez, ils fixaient assidûment l'horizon pâle de leurs attentes, en se tournant les pouces, les sourcils en accent circonflexe.

Soudain, une bourrasque venue d'on ne sait où, les emporta d'un bon coup de balai avec les feuilles mortes et les expédia sur le grand tas de compost où se recyclait l'obsolète, le " plus bon à rien " du vieux monde en capilotade(1).

" Faisons place nette !" roucoulait la colombe, le vent dans les ailes. Et elle tourbillonnait avec les cerfs-volants multicolores qui se multipliaient à l'infini, de plus en plus fringants !

" C'est la fête de la Lumière aujourd'hui, allons chercher l'Arc-En-Ciel, il doit être prêt ! "

1 . En capilotade : Syn. en compote, en bouillie, en piteux état, en miettes.

Elle roucoulait en riant et cela résonnait d'atome en atome, de trou noir en trou blanc !

" Où s'est-il donc caché ? "

" Un Arc-En-Ciel, ça se prépare ! " rétorqua la tortue.

" Non ! " répliqua la colombe, en spécialiste.

" Un Arc-En-Ciel, ça vient toujours à l'heure, tout seul ! "

" Mais non ! " dit le crocodile, dans sa barbe de sage,

" Allumons toute la Lumière qui nous habite, étalons là dans l'espace et quelques larmes de mon dernier rejeton, Crocromignon, feront l'affaire et allumeront le plus bel Arc-En-Ciel de tous les temps ! "

Aussitôt dit, aussitôt fait, chacun se concentra sur sa Lumière intérieure et la projeta dans le ciel.

Le petit Crocromignon se mit à pleurer de tout son cœur et le vieux crocodile, avec sa longue barbe, dispersa les larmes dans l'espace qui les avala avec quelques bouffées de Lumière…

Alors, l'Arc-En-Ciel s'installa royalement dans toute la surface du ciel, rapidement rejoint par un second Arc-En-Ciel issu du centre de la Terre.

Les deux Arcs-En-Ciel se rencontrèrent, et l'on entendit :

" Vous nous cherchez, nous voilà ! Nous sommes venus vous dire que nous aussi, nous vous cherchons, enfants de la Terre, nous vous attendons depuis si longtemps ! "

Une ovation fantastique succéda à ces paroles. Les cœurs se cherchaient, se trouvaient, se mêlaient, s'enrubannaient de joie, de lumière, de chants extatiques…

Les cerfs-volants se posaient un à un sur le double Arc-En-Ciel, qui sous tant d'amour, tant de vibrations, se mit à frémir, à danser et à zigzaguer dans le ciel.

Et l'on entendit : " Alors, maintenant que nous nous sommes retrouvés mes enfants, nous allons commencer à RÊVER, Rêver la suite de l'histoire. L'humanité est désormais sortie du cinquième rêve qui se dissout pour renaître de ses cendres… Voyez ! Là, sous nos yeux, la poussière roule dans les caniveaux ! Voyez comme la Lumière l'avale et en fait des gorges chaudes… Elle la transforme en un nouveau matériau qui nous servira plus tard. "

Pour l'instant, " Rêvons, Rêvons ! " répondit l'écho.

Et il renchérit, " Chacun de nous va se concentrer sur ses désirs les plus fous, les plus profonds ! Fini les tabous, tout est ouvert, tout est possible ! La vie est infinie ! C'est l'heure de la création du nouveau monde, celui que nous avons rêvé, nous tous ! "

La colombe reprit " C'est la fête de la Lumière !! Elle va nous inspirer, elle qui est si proche de la Source de toute vie ! "

Soudain, la Lumière surgit. "Me voilà , Par ici ! "

Elle enfila sa belle robe d'or " Je suis prête ! "

Elle tremblait de plaisir. " Je rêve, moi Lumière, d'être toujours amoureuse ! Toujours dans l'AMOUR ! De vous inonder, chacun de ma vibration, dans l'Amour de vous voir TOUS, resplendissants de joie pure… J'en ai les larmes aux yeux et au cœur !

Ainsi, je pourrai caresser ce nouveau monde qui pointe, de toute ma tendresse multicolore, mon cher et tendre amant, enverra lui aussi ses rayons et cette nouvelle Terre, entre nos deux cœurs, ne pourra respirer que le bonheur. Un nouveau souffle pour se lancer dans la grande aventure ! "

"Et peut-on savoir qui est ton bien aimé, Ô belle Lumière ? " demanda un point d'interrogation qui passait par là.

" Je crois que vous avez tous deviné… c'est le grand Soleil, bien sûr ! Peut-on imaginer un être plus majestueux, plus chaleureux, plus lumineux ? "

Toute la planète Terre éclata de rire !

" Nous aussi, nous aussi, nous sommes amoureux !! " clamèrent les fleurs en rougissant, et les arbres en se berçant, les oiseaux en claquant leurs ailes et bientôt tous les animaux à deux, quatre ou mille pattes. Puis enfin, les humains, un par un, se mirent à chanter un hymne au Père Soleil.

Tant et si bien que le Soleil, lui aussi rougit de plaisir, ce qui fit monter encore le taux d'Amour ambiant…

" Ça commence bien… mais, pourvu que ça dure ! " lâcha le vieux crocodile dans sa barbe…

" Nous aussi, nous avons un rêve, un grand rêve collectif ! " s'écria un cerf-volant tout vêtu de jaune qui zigzaguait au-dessus de l'océan.

Et quelques très jolies filles en train de faire bronzette sur la plage, se dressèrent d'un bond .

" Nous aussi, nous aussi, on fait un plouf dans l'océan, et on arrive, on vous rejoint ! "

Pendant qu'elles se lovaient dans les vagues, les cerfs-volants en grand conciliabule, prirent la parole.

" Notre intention est de vivre sans patron, sans argent, sans contrôle et sans frontières, bref LIBRES et que les habitants de la planète Terre soient tous frères et proches les uns des autres, comme une vraie famille ! "

Alors, on entendit un bruissement dans l'espace et une nuée de cerfs-volants tout en lumière dorée apparut.

" Frères et sœurs, avec nous aussi, nous habitons à droite et à gauche de votre système solaire, nous venons de la galaxie, notre mère à tous, et au-delà encore, nous sommes vos Frères de Lumière ! Nous sommes tous, ENSEMBLE avec vous ! Nous sommes Un ! "

" Ensemble ! Quel joli mot ! " acquiesça le vieux crocodile dans sa barbichette.

Les océans, les rivières, tout ce qui coule, la forêt et toute la marée humaine émerveillée applaudirent tant et si bien que la planète Terre lâcha, elle aussi un petit gloussement de plaisir. L'air frémit de tendresse et tout un chacun poussa un long, long soupir qui se faufila jusqu'à la lune…

Elle se sentit alors plus brillante et plus belle et se confia :

" Ah la la ! Moi aussi, je suis folle d'Amour ! Et qui n'est pas amoureux dans l'univers ? Qui ose prétendre que l'univers est froid, glacial, mathématique ? "

" Certainement pas nous " répondirent les jolies filles qui sortaient encore toutes ruisselantes des vagues de l'océan.

" Et nous savons bien que nous appartenons tous à la grande famille de Lumière…

Alors, avec notre amie Kathy, nous avons choisi un rêve : Nous voudrions tant et tant pouvoir nous transformer en fleurs et embaumer toute la Terre d'un parfum si enivrant, si magique que naturellement, sans effort aucun, tout se mettrait à se transformer ! "

" Et nous, s'écria la Reine des Roses, ou plutôt moi, je souhaite me transformer en jeune fille, comme Kathy, comme elle.

Et je voudrais chanter, faire des sons, jouer du piano, faire chanter toutes les fleurs, tous les cœurs ! "

Kathy alors, accepta illico :

" Je deviens rose, et tu deviens fille, je te donne mon piano et mes chansons ! "

" Marché conclu ! " répondit la rose.

Ce petit échange entre Kathy et la rose déclencha aussitôt un énorme souk aux trocs les plus farfelus sur toute la planète Terre…

Par exemple, les cailloux se transformèrent en énergie pour propulser de petits engins légers et transparents qui circulaient sans bruit dans l'espace, d'un point à l'autre.

Tant et tant de trocs spontanés et tant de phénomènes inconnus surgirent dans ces souks qu'il faudrait des pages et des pages pour tout raconter...

La nouvelle Terre sortait des limbes et devenait la réalité de chacun. Elle occupait tous les esprits et tous les cœurs, on ne pensait plus qu'à elle, on rêvait d'elle, on rêvait, rêvait...

Elle se préparait pour sa naissance, elle faisait sa toilette en chantant, comme une jeune fille qui se fait belle pour aller au bal danser !

" Et oui, j'arrive, j'arrive, je me prépare, patience, les enfants ! Il y a une surprise qui sonne à la porte... C'est comme si j'avais une petite sœur, ou plutôt une grande sœur qui me tire par la main, impatiente . "

" Dépêche-toi ! Tu vas être en retard ! – répéte-t-elle – Mais, chut les enfants !!! je n'ai pas encore le droit d'en parler... C'est trop tôt. "

" C'est quoi, c'est qui, cette sœur ? " chuchotaient les brins d'herbe voisins qui avaient l'habitude de se mêler de tout et ensuite de tout raconter au premier vent venu.

" Rien ! Rien ! Il ne se passe rien, que mon propre écoulement heureux – répondit la nouvelle Terre – Je me pomponne, je me chouchoute, je dis JE T'AIME, à chaque partie de mon nouveau corps en train d'apparaître. "

Une énorme vague lui coupa la parole. Une gigantesque vague humaine qu'on appelle aussi manifestation.

Elle avait démarré sur le grand Boulevard du Coq à l'Âne au cœur de la cité.

La manif rassemblait tous les éclopés, les laissés pour compte, les handicapés, les mal foutus et déglingués de toutes sortes. Ils brandissaient d'énormes pancartes où l'on pouvait lire :

GUÉRISON, ON VEUT LA GUÉRISON ICI ET MAINTENANT, SUR PLACE !

Sur une autre banderole :

UNE GUÉRISON SANS RETOUR !

Sur une autre encore :

RÉGÉNÉRESCENCE SPONTANÉE ET GRATUITE DE TOUTES NOS CELLULES !!

Et la petite troupe avançait déterminée, clopin-clopant, tandis que les cellules usées, épuisées s'installaient sur les bancs publics de la grande place d'Ici et Maintenant. Cette cité était devenue la plaque tournante de l'information.

Bien entendu, les brins d'herbe, rares dans cet environnement, dressèrent leurs petites oreilles pointues. Alors, un silence d'or se mit à planer de ses grandes ailes et engloutit tous les échanges verbaux et intimes des cellules dans son cœur inconditionnel.

On ne sut donc jamais rien de ce qui s'était passé. Mais toujours est-il, qu'un peu plus tard, la manifestation avait complètement changé de look.

On voyait des files de skateboards et de trottinettes, de toutes sortes, dévalant les rues. Des fillettes en corde à sauter faisant galipettes sur galipettes d'acrobates et se lançant, de balcons en balcons, pour atterrir sur des lampadaires ahuris…

Les cellules bien régénérées s'en donnaient à cœur joie pour célébrer leur transformation… Ça chantait et ça dansait dans tous les coins ! Le souffle de la nouvelle Terre commençait à agir, le parfum des roses à s'exhaler et la joie à se répandre.

Les passants dans la rue se posaient des questions, se frottaient les yeux et les oreilles et se passaient des petits aspirateurs de poche dans leurs pensées.

Ça alors, il suffit d'inscrire une demande sur une pancarte pour qu'elle se réalise magistralement ?

Il suffit donc d'énoncer une pensée pour qu'elle se manifeste là, sous ton nez, toute frémissante et vivante !

Ce fut un grand remue-ménage dans tous les esprits.

RÊVONS ! EXPRIMONS-NOUS ! titraient les journaux qu'on distribuait à tous les coins de rue.

Sur une autre place d'Ici et Maintenant, la capitale du moment, les gens se rassemblaient pour échanger leurs idées…

Un grand Escogriffe coiffé d'un bonnet jaune haranguait la foule et sa moustache envoyait des éclairs à la ronde.

" Mais qu'est-ce qu'on attend, tous là, plantés dans l'inertie ? Puisque de toute façon, la vie n'est qu'un rêve et tous les scientifiques sont d'accord sur cette option quantique, alors, Rêvons !!!

Rêve pour rêve, autant qu'il soit le plus beau ! Le vieux monde s'écroule, le bateau coule et personne n'a plus envie de ce truc-là, alors, Rêvons avec un immense élan d'un autre monde.

À nous de le créer avec nos pinceaux, nos guitares, nos mains, nos pieds, sans oublier l'accent aigu de nos talents d'inventeurs purs et durs, bref, réinventons-nous ! "

" Oui !! " reprit l'un des cerfs-volants qui passait par là.

" L'argent, par exemple... au feu !

Et vive l'ART DES GENS !!!

On réinvente les échanges ! On veut faire autrement ! "

Alors, il vida ses poches et son sac et commença à allumer un petit feu avec ses quelques billets économisés...

Il fut vite rejoint par une bande de joyeux lurons, d'abord un peu hésitants, qui se mirent à vider leurs poches et... leur tête et... même celles des voisins !

Bientôt, le feu crépita bien fort. Les enfants firent une ronde en entonnant une chanson, bien vite rejoint par une bonne centaine de sympathisants en quête de fun !

" On brûle nos banderoles, plus besoin de s'opposer ! Le monstre s'est bel et bien effondré ! Vivons nos rêves ! C'est nous le peuple de la Terre ! En route ! C'est nous les pilotes ! Reprenons notre vie en main !

YALLA, ON Y VA, OLLÉ, YALLA ! "

Étrangement amplifiée par l'énergie ambiante, cette harangue se répandit très vite aux quatre coins du globe, diffusée dans toutes les langues et bientôt, on ne vit plus que d'énormes feux sur toutes les places du monde. Chacun vidait ses poches et ses soucis.

Curieusement, par effet de synchronicité, les bâtiments des principales banques prirent feu un peu partout ! La fumée montait, les mains se cherchaient, se trouvaient, les peuples dansaient de joie, soulagés, allégés, autour de ces brasiers gigantesques qui célébraient la libération. La libération de tout ce qui les avait asservis pendant si longtemps.

Les slogans fusaient de partout :

Libérons-nous ! Sautons dans l'inconnu ! PARTICIPONS !

Ouvrons notre troisième œil !

La peur est un luxe obsolète !

EXHIBONS NOTRE FORCE, NOTRE AMOUR, NOTRE CONSCIENCE !

Le pire, c'est de ne rien dire et de ne rien faire !

REVEILLONS NOUS !

Tous ces slogans volaient de bouche-à-oreille et de leurs propres ailes…

" Moi, je joue mon rôle ! Je souffle sur tout ce qui flambe et qui vole… " lança le vent.

" Et moi, je ris aux éclats ! " répondit la farandole qui tournait maintenant de plus en plus vite, propulsée par elle-même.

La planète Terre, quant-à elle, pleurait de joie.

" Est-ce bien vrai tout ça ? "

" C'est l'heure du Grand Réveil, Madame ! − annonça la trompette − et rien n'est plus vrai ! "

Alors, la Terre, réjouie pour de bon, se mit à valser sur l'air du Beau Danube Bleu mais personne ne s'en rendit compte…

Tout tournait avec elle, par solidarité ou par synchronicité !

Le vieux monde, quant à lui, décrépissait à vue d'œil.

" Je suis flagada, raplapla, crevé mort − gémissait-il en s'écroulant − Je pige que dalle à tout ce tintouin ! "

" SOIN SOIN ! − répondaient les oiseaux − Chacun son tour ! "

Le grand Escogriffe, sur la place d'Ici et Maintenant, surenchérit :

" Tes valeurs, mon vieux, ne sont plus de mise… Plus d'argent ! Plus de banques, ni de marchandages ! Plus de travail ni d'esclavage, plus de ravages !

Et vive l'ART DES GENS !! "

" Mais tu fais des rimes !! " s'exclama un enfant qui l'écoutait attentivement.

Quelqu'un d'autre ajouta " On fait du troc, de bric et de broc et tu échanges avec les anges ! "

Puis " Société de créativité chasse société d'imbécillité ! "

Et " La pensée devient le moteur de ce qui fait notre bonheur ! "

Chacun, tour à tour, rajoutait une strophe à la longue litanie des rêves de l'humanité…

Le vieux monde, lui, suffoquait dans des hoquets qui déclenchaient des feux de joie spontanés, s'allumant par-ci par-là.

" Et qui es-tu maintenant ? Quel est ton moteur ? " chantaient les filles fleurs…

Cela devint vite le tube du jour !

Une autre fille se mit alors à chanter en s'accompagnant sur un boulboul (instrument pratiquement inconnu mais très performant).

CHANSON

Y'a plus d'machin

Y'a plus d'machine

Fiction chanson

Chanson frisson

Il nous reste plus que nos deux pieds

Il nous reste plus que nos deux mains

Et quelques poils sur le crâne

Et une folle envie de s'amuser

Y'a plus d'machin

Y'a plus d'machine

La Nouvelle Terre est sous nos pieds !

Machine à quick – quick

Machine à bla – bla – bla

Machine à oui – oui – oui

Machine à tra – la – la

NON

Y'a plus d'machin

Y'a plus d'machine

Elles sont toutes démodées

Il nous reste plus qu'un peu de temps

Et encore un peu de talent

Pour remplacer les p'tites machines

Pour remplacer les p'tits machins

Par leur gentille petite cousine

LA MAIN

Et son cousin germain

L'HUMAIN

Tu as dit LU – LU – LU – LU – LU – LU

Oui j'ai dit MAIN – MAIN – MAIN

Et en totale mutation

Tu as dit MU – MU – MU – MU – MU – MU

Oui j'ai dit MU – MU

MUTATION !!!

Un tonnerre d'applaudissements célébra la chanson qui filait déjà tout autour de la terre, accompagnée d'un cortège d'oiseaux, de cigales et de musiciens…

Un saxophoniste termina le tout par un super " SOIN – SOIN " qui gargarisa son tuyau !

Le grand Escogriffe, après avoir fait tournoyer la chanson dans les airs, reprit la Sainte parole.

" Donc, c'est bien clair, nous allons constituer un peu partout des comités locaux de citoyens libérés, des Conseils de Sages avec d'anciens éclopés par exemple, et chacun peut y participer…

Les comités seront chargés de régler les affaires courantes, nous allons apprendre à créer par la pensée individuelle ou collective…

Les choses nécessaires seront là, disponibles et prêtes à circuler…

Ce qu'on appelait " le travail " n'existe plus comme tel. Chacun participe à une activité librement, selon ses choix et affinités…

La valeur suprême c'est la JOIE, et le plaisir de participer à cette nouvelle vie tous ensemble. "

" Mais, qu'est-ce qu'on fait de ceux qui ne sont pas d'accord, ceux qui ne veulent pas s'adapter ? " lança un ancien récalcitrant transformé.

"Ils ne seront plus là, avec nous... Ils auront été dispersés sur d'autres mondes ! " répondit le grand Escogriffe.

" Les comités pourront sans doute aussi gérer les rapports et les échanges entre les différents peuples et les Frères des Étoiles, d'autres planètes " reprit une femme étudiante en sociologie, très motivée !

" Et certains conseils pourraient créer des communautés d'êtres les plus variés partageant la même passion, chacun issu des horizons les plus divers ! " suggéra un autre.

Et chacun y allait de sa petite idée, les rêves allaient bon train !

" Quelle multitude de possibilités ça va donner !

Et l'éducation ? Et la nourriture ? Et l'énergie ?...

Que de choses à créer, inventer, mettre en route !

C'est littéralement fabuleux ce qu'on vit en ce moment ! " s'écria-t-elle encore.

Tous éclatèrent de rire et, çà et là, accordéons, guitares, tambours se mirent à jouer.

On se remit à danser et chanter pour célébrer cette chance de vivre dans un nouveau monde tout neuf !

Une toute petite fourmi, tout à l'écoute, se hissa sur un tronc d'arbre qui lui parut être un piédestal. Elle se gratta la gorge, sa voix puissante résonna sur toute la cité, amplifiée par l'écho aux aguets.

" Mes amis, vous allez aussi apprendre à vous nourrir d'énergie, à utiliser tout le potentiel de vos corps subtils, petit à petit. Je suis énergéticienne, je vous montrerai ! "

Une fleur d'orchidée surenchérit " Bien sûr ! Et nous aussi, les fleurs, nous vous aiderons, vous pourrez toujours manger des fruits, des fleurs, des bons légumes ! "

" Et aussi du prâna " rajouta la fourmi qui s'était installée très à l'aise sur l'orchidée " Les corps physiques vont devenir plus légers, plus harmonieux, tout va se restructurer... "

" Mais comment cela va-t-il se passer ? " questionna un journaliste à l'affût.

La Terre répondit : " mon taux vibratoire va monter, monter progressivement, et le vôtre aussi... Je suis en quelque sorte condamnée à l'éveil et je vous embarque tous avec moi, mes enfants chéris, vous ne pouvez pas y échapper ! Tous ensemble, tous ensemble, on grimpe ! "

Le journaliste conclut " Nous allons donc définitivement sortir de ce cauchemar d'esclavage que l'humanité a subi depuis si longtemps ! C'est de la science-fiction vivante ! "

" Nous sommes tout simplement en train de tourner la page... " reprit une passante qui dansait en même temps.

" Notre intelligence devient collective, fini le chacun pour soi et l'individualisme ! Maintenant, on se la joue ensemble, cette merveilleuse aventure ! "

" Mais, il va falloir le cœur d'une mère pour penser à tous et à chacun ! " déclara quelqu'un qui ne dansait pas et réfléchissait tout le temps.

Le grand Escogriffe, monta sur un arbre et éclata de rire.

" Mais vous oubliez l'AMOUR, cette énergie universelle qui nous traverse en permanence à chaque seconde ! Nous sommes une seule et même famille ! La Mère Terre nous emmène en voyage avec elle.

Elle sait ce qu'elle fait, après tout, c'est ELLE qui nous trimbale partout dans l'espace depuis toujours... Elle n'est qu'Amour, faisons lui confiance ! "

" Tout va se passer de façon naturelle... " reprit la fourmi, les quatre pattes en l'air, dans la douceur de son orchidée. " On repart à zéro dans tous les domaines ! "

Cette phrase, mise en musique, devint vite le tube du jour. Les filles fleurs à la guitare n'avaient pas tardé à former un groupe et se produisaient un peu partout, en chantant à tue-tête.

Le vent diffusait en volutes la chanson qui vibrait dans tous les cœurs... Un vrai tube, ça se fait tout seul, quand c'est le bon moment !

Soudain, un grand silence surgit de l'Infini !

Chacun se mit alors à rêver à tous les possibles enfouis dans son for intérieur, tous les châteaux en Espagne irréalisables, toutes les utopies, tout ce qu'on avait classé dans la case conte de fées...

Les glandes pinéales de chacun, activées, créèrent le Pays des Merveilles dans tous les esprits. Ce pays qu'on allait redécouvrir et qui devenait la nouvelle façon d'être, de vivre… Bref, la nouvelle réalité sur la planète Terre !

La chouette hulula dans la nuit qui tombait, c'était sans doute sa manière à elle d'entrer dans son rêve…

" Moi, je commence à respirer différemment… C'est plus profond, ça vient de plus loin, l'air a traversé tant de voiles, tant de mondes, avant d'entrer dans mes narines… "

" et dans les miennes aussi !!! "

" On devient un rêve collectif, ensemble ! Gardons les yeux bien ouverts ! Et le troisième œil aussi ! "

Des chuchotements très doux et intimes circulaient de bouche-à-oreille comme les battements des cœurs de tous les êtres qui avaient la bonne fortune d'être là, pour de vrai, lancés dans cette aventure ! "

" Soin – Soin " clôtura le postier en enlevant sa casquette. " Il n'y a plus de nouvelles, plus de courrier, plus de mots, il y a juste à être ! "

La Terre tournait toujours dans l'espace mais sa musique avait changé ! Elle rompit le grand silence et les chuchotements subtils, prit la parole et sa voix résonna dans l'infini.

" Oui, c'est moi, Gaïa, votre mère à tous ! Comme je suis fière de vous, mes enfants, de votre réveil ! Avec le Père Soleil, nous avons décidé de vous faire un cadeau…

D'abord, nous allons faire en sorte tous les deux, qu'il n'y ait plus de froid, d'hiver, de temps glacial pour qu'il règne partout une douce chaleur de printemps sur la planète !

Fini les gros manteaux et les histoires de chauffage, finies les pluies diluviennes et les terribles sécheresses ! Tout ça est OBSOLÈTE ! "

Un hurlement de joie jaillit de toutes les poitrines, car c'était justement l'hiver sur une bonne partie du globe et il faisait très froid…

"Il n'y aura plus non plus de chaleurs torrides dans les pays chauds – reprit elle – Il fera bon partout, finis les problèmes d'eau ! "

On entendit des djembés, des tam-tams, toutes sortes de percussions et de chants acclamant la Mère Terre.

Elle continua :

" Nous avons aussi décidé d'abolir le temps. Nous allons entrer dans le non-temps ! Le Père Saturne est d'accord. Il prendra des vacances.

Les heures, les minutes, les secondes qui vous régissent seront désormais obsolètes ! Oubliez vos montres et vos horloges ! Nous entrons solennellement dans un Présent Éternel ! Il se suffira à lui-même ! Plus la peine de faire des plannings, des projets, des programmes…

Bref, tous les agendas, à la poubelle ! Fini la course, fini le stress !!! "

Les cloches se mirent à carillonner de toutes parts ! Une allégresse infinie se répandit dans tous les cœurs et tout le monde poussa un énorme soupir, qui s'engouffra dans les ailes des oiseaux attirés par les cloches et les vibrations des minarets...

Ils voltigeaient, ils voltigeaient parmi les Terriens heureux de partager cette si bonne nouvelle sortie de la bouche de la Mère Terre .

" Oui – disaient-ils entre eux – ce sont les lois de la nature, enfin, qui vont gérer les humains, comme elles le font pour nous, les oiseaux, les animaux, les vents, les arbres, les fleurs ! Sans oublier le soleil, la lune !!! "

Notre Kathy et les autres filles fleurs jouaient avec les marguerites et les pâquerettes.

" Je t'aime, un peu, beaucoup... Je pense à toi, et... tu es là ! Passionnément... à la folie ! "

" Et me voilà ! – répondit un papillon vagabond – Vous êtes toutes, les fleurs, mon accomplissement, et mon extase. J'arrive du futur, regardez ce que je vous ai rapporté ! "

Et il déploya devant leurs yeux émerveillés un collier de perles d'eau multicolores qui diffusaient une jolie mélopée variant selon le souffle du vent, un peu comme une éolyre .

Kathy répondit, " Oh ! Merci, joli papillon vagabond ! Tu me donnes une idée pour décorer cette place un peu austère..."

Et Kathy multiplia par la pensée le collier de perles d'eau et, toujours par la pensée, le déroula en guirlandes, de branche en branche, d'arbre en arbre et la place se mit à ruisseler de lumière en émettant des mélodies qui ravissaient les cœurs.

Les oiseaux aidés par le vent, attrapèrent un bout de la guirlande qu'ils lancèrent dans les airs. Elle se déroula tout autour de la Terre.

D'autres oiseaux se mirent à chanter ,eux aussi, les nouvelles mélodies que carillonnait le fameux collier d'eau et de lumière, ramené du futur par le papillon vagabond.

Et la place décréta " Maintenant, je m'appelle PLACE DU FUTUR en hommage à tant de merveilles qui nous inondent, tous les temps se mélangent. "

" Il n'y a plus que le temps du bonheur ! " suggéra une feuille sur un arbre .

" Si vous voulez, je propose un grand voyage collectif, un saut dans l'inconnu ! " proposa un être étrange. À la fois, arlequin tout bigarré et ange muni de belles ailes dorées, il était surtout paré de curieuses moustaches bleues qui lui servaient d'antenne.

" Oui – reprit-il – un voyage inédit... Je viens du futur et je suis venu pour vous y accompagner... Je sais où se situe le portail qui y mène... mais en route, j'ai perdu le plan... il faut que vous m'aidiez à le retrouver, il a dû glisser de la poche de mon costume d'arlequin, cherchons-le ensemble. "

" Le plan qui mène à la porte du futur ? Mais n'est-il pas possible de s'y projeter par la pensée ? " demanda le grand Escogriffe.

" Pas pour une entrée massive ! Je sais qu'il va vous falloir franchir le portail, il nous attend d'ailleurs, alors, il nous faut le plan ! "

" On se croirait dans un film d'aventure pour enfants, un film de pirates et de chasse au trésor, ma parole ! " riposta un adolescent.

" Allez ! on va s'organiser ! " répondit un autre.

" Tu n'as pas laissé de traces en venant, des petits bouts de lumière sur ton chemin ? " demanda un dernier.

" Je suis venu d'un bond direct, sans passer par le portail, pour vous surprendre ! "

Tous étaient médusés ! Une nouvelle énigme se présentait.

" L'essentiel − lâcha un autre − c'est d'être sûr qu'on fait vraiment partie de ce plan, de ce portail, et qu'il nous attend, alors, ça veut dire qu'il existe en nous… Concentrons-nous tous sur notre troisième œil…"

Ils se mirent en cercle, serrés les uns contre les autres, et la mélopée des guirlandes les inspira. Tous se mirent alors à chanter, les sons fusaient et rebondissaient un peu plus loin.

" Oui, laissons-nous porter et guider par la musique, le son est infaillible !! "

Ils firent un pas, encore un autre…

" Le plan vers le portail est en train de se rapprocher… Il suffit d'y croire, de l'appeler, il arrive, on dirait que le portail nous attire. "

Un petit vent favorable qui passait par là, les propulsa tous en avant.

Ils firent un autre pas.

Alors, c'est difficile de trouver des mots pour décrire ce qui se passa, je vais essayer tant bien que mal, saperlipopette ! Aidée par toutes les voix de ceux et celles qui m'accompagnent.

Bref, un portail, étincelant de lumière quasi aveuglante, se dressa là, devant nous tous et des milliers de grelots invisibles diffusaient une musique douce, irrésistible…

On ne peut qu'avancer, sans essayer de comprendre. Le dernier pas part tout seul…

Et Tous, nous tous, autant que nous sommes, des millions, des milliards, sans doute, en route vers le Nouveau Monde, nous nous retrouvons aspirés par ce portail, puis, propulsés de l'autre côté, bouche bée, les yeux écarquillés, comme des enfants rêvant devant un arbre de Noël !

Un musicien dans la foule, sort sa flûte et se met à jouer une sarabande légère, joyeuse, puis un autre sort sa guitare et ses doigts agiles courent sur les cordes.

Une voix délicieuse, couleur de miel, lâche des sons angéliques et profonds… Tous se mettent à chanter, danser, émerveillés d'être là, ensemble, dans cette nouvelle dimension de l'Être !

Alors… L'âme de la Terre nous engloba tous dans son cœur de mère… Difficile ici de trouver des mots dans cette nouvelle vibration si subtile et si douce…

Tant et tant d'Amour…

Je crois qu'il va me falloir arrêter mon récit. Les mots sont loin derrière…

" En avant, les enfants !

Je vous attends depuis si longtemps…

Venez tous dans mon cœur. Entrez dans votre nouveau monde pour continuer à explorer… l'Infini !

C'est l'heure du grand Saut, l'heure du Sixième Rêve, nous y voilà !

Et le plus invraisemblable de toute cette aventure, c'est que nous y sommes pour de bon !

C'est là, c'est NOUS

Osons ! Acceptons d'être le nouveau rêve de l'homme et de l'univers !

On est venu pour ça !

En avant ! AVANTI !

C'est notre accomplissement, notre EXTASE

OUI "

Les mots s'envolent…